水無月の鹿

minatuki no sika
Takenokoshi Hajime

竹腰素句集

ふらんす堂

水無月の鹿＊目次

竹腰素句集

水無月の鹿

第一章　雪解雫

二〇〇六〜二〇〇九年

しやぼん玉うかとたましひ吹き入れし
ヒロシマノマツクラガリノサクラカナ

子燕のはじめて梁に鳴く日かな

下駄箱のさんざめくなり黴の花

夏雲や円空仏は眉をあげ

雲水の読経みじかし夏つばめ

噴水のわれに返れる落下かな

冷麦や賭馬のこの負けつぷり

厩辺に霧の明るき四葩かな

炎帝に首筋を摑まれしまま

蛇の衣しのばせてあり旅鞄

詩篇一三七『バビロン捕囚の歌』に和して

主よわれも河のほとりに原爆忌

神代から流れ着きたる鵜舟かな

谷里のひとつ消ゆてふ盆唄と

まだ青き林檎の売られ妻籠かな

姫街道あづまへくだる野分かな

鬼の子を弾きたくなるおよびかな

野鼠のくちびる光る月夜かな

廃線のレールを剝がす雪催

人魚にも肺の重たきみそさざい

綿虫や喉の包帯いつ取れる

寒鰤や峠はすでに閉ざすてふ

食パンの耳落しけり霜柱

御降りにまばたきをして天使像

啄木鳥に雪解雫のひとしきり

わが生は何の余白ぞ鳥雲に

蛙子や木簡おほかた税のこと
大いなる白犬つなぐ桜かな

ピノキオの足作りけり聖五月

梅雨鯰檀徒百戸の坊に棲み

短夜の吃水あさき屋形船

うつしみの渇きは癒えず水中花

汝へ打ちし草矢に指の切れてゐし

落葉松やかの鍔広の夏帽子

片陰を歩めと母の申さるる
玫瑰をあましてて牧の刈られあり

凌霄の花の晨やひだる神
どの抽斗にも空蟬がぎつしり

月光に腕伸びにけり案山子たち

神童の村に戻らず竹の春

天守へとご門の多し穴惑

寂しさやいづこに置かむ秋の椅子

猫背なる時雨の僧でありにけり

寒菊のもつとも風に折れやすし

寒晴の仮死の目白を拾ひけり

母の目のおろかになりぬ寒雀

寒鯉を呼べばしぶしぶ起きて来る

凧揚げて振り向けば父は在さず

初蝶はたしかな黄色加賀白山

冴返るきりつと狐似の仔犬

眼張うまく煮え孤独死わろからず

セロファンにつつむ花束春の滝

カーテンの襞に蜘蛛ゐる春灯

春闌けて定家葛の落葉かな

みほとけは男女同体椎の花
梔子の花に剃刀選ばむか

滝壺へ笠を被りて降りゆくも

緑陰や開拓小屋の床ひくく

軒ひくき駅舎をくぐる捕虫網

水無月の鹿がのぞくよ厨口

秋立つや飛驒は青嶺を燻らせて
白雲の追ひかけてゆく野分かな

蜻蛉と水平線を見てゐたる
宮々の太鼓せはしや下り鮎

点眼す菊人形のあかるさに

団栗をしばらく握る艶めける

宗祇水その秋の水乞ひにけり

十四五本色変へぬ松あればよし

第二章　炉心溶融

二〇一〇〜二〇一二年

花石蕗へ車椅子なる母を押す

初雪やゞしりと重き仏たち

懐にやまねを入れて山眠る

子の日にはみんなしやべつてしまひさう

冬の田よ水張ってある一枚よ
みづうみや我が冬の痩せただならず

豆腐屋は昼から休み梅日和

白梅や負はれたる子の背のびして

春の蚊のそこはかとなく人を選り

前脚は花びら押しぬ水すまし

春山の裾に躍るよ杭打機
残像は予見に似たり散る桜

子の丈に母はしやがんでしやぼん玉

藤咲いてジャングルジムに子のさやぎ

母の背は妹が占む茄子の花

茄子籠の底に朝露のこりけり

一斉に時計鳴り出す簗の里

夜振人大き魚に塩を振り

塩舐めて牧夫は夏を痩せにけり

逝く夏や奥まで見ゆる製材所

無軌道にはづみて榠樝落ちにけり

胸鰭のまだ乾かぬに施餓鬼舟

ナザレ野をたちもとほりぬ女郎花

相槌のいとまめやかに菊人形

黄落や柩車の背なの開かれて
鶺鴒の宙の起伏をゆきにけり

枯野人立ち止まりては鳥たたせ

寒晴やザックに匂ふけふのパン

たらちねの母にめくりぬ初暦

早立のひとり飯食ふ室の花

「はるもにあ」創刊十周年記念句会　二句

新しきアンテナ立ちぬ梅椿

ぬくとしや薺の土手に掌をおけば

梅園にきのふの脚立春の雪

青柳や揚水機小屋けむりあげ

切株に気持はなれてひこばゆる
一揖し門を辞しけり山桜

二〇一一年三月東日本大震災

春蟬や身に棲みつきしなゐの揺れ

水入れて冷やす原子炉夕ながし

炉心溶融白繭にさなぎ眠りて
フクシマの魔除けの白や更衣

藤若葉五体投地のまま朽ちぬ

祖母谷の白き障子やほととぎす

まほろばの柿の花敷くろうぢかな

発電機動かしてゐる梅雨入かな

棒杭を嚙みてはんざき怒りけり

泳がずばば溺る泳がば瘦するなり

浮いて来いと呼ばれてゐる空に舟
天上の井戸を浚ひに降りて来る

山消えて霧雨の来る姫女苑

たかんなの脇に墓道通しけり

夏逝くやスカボロフェアの黄昏に
砂拭ふタクラマカンの柘榴かと

無人地帯彼岸花の魁偉なる
たましひののぼる途中の竹を伐る

「秋草」・「はるもにあ」有馬合同句会　二句

秋草の野のぬくもりを持ち帰る

しかすがに仏ゐまひぬ藪虱

ひとつ囲にふたつ蜘蛛棲む秋の空

鵙鳴くや母を眠らせ鍵かけて

鯉の目の浮かぶ水草紅葉かな

木枯や手毬のやうな小鳥の巣

透明なものに輪郭ある寒さ

息白し雀の頸のなほ白し

枯薄どの子を置いて逃げようか

線量を測られてゐる海鼠どち

手紙受けに氷柱伸びたよポストマン

ははそははの白寿の膳の土筆和

ふらんすを遠くケーキ屋雛飾る

豆腐には窓こそなけれ昼霞

去年の巣を巡る足長蜂ひとつ

菜の花や蛇にさも似る鷺の頸

巣燕のあらし二日に声もなく
本当の闇夜は知らず巣立鳥

眠り草まはりの鉢の売れてゐし

プリズムの虹の散乱カフカの忌

紫陽花やクレイコートに水溢れ

外厠南瓜の花がのぼりゐし

転轍手氷雨の中へ出でゆけり
蟬殻の露を含めるまなこかな

兵士らの護謨のサンダル夏了る

風なくて萩の夜露のこぼれけり

木曽福島吟行　五句

行く秋や木曽はどの駅降りようと

柵あれば柵揺さぶつて馬肥ゆる

白式部旅に死にたる馬多し

どぶろくや薪の木口の新しく

それと聞く夜半の寝覚の初時雨

残照に胸ふくらみぬ冬の鵙

それではと討入りの夜を蕎麦湯かな

湯を出でてひそと眠りぬ除夜の鐘

第三章　梅雨月

二〇一三～二〇一七年

蔵に寝て古き屛風の歌かるた

薄氷や大仏殿の北構

恋猫の御詠歌のごと鳴き出しぬ

麦秋の黒髪にある櫛目かな

二〇一三年六月母緊急入院、退院後施設へ

海嘯のごと揺れゐたり藤の花

姥捨の道は坂なり山法師

梔子のうしろの闇へまはる径

蜘蛛の糸伸びけり蜂を吊り下げて

唖蟬の胸にとまりて離れざる

旱田や即身仏に歯の残り

通ひ路やねずにあせたる黒日傘

小さきがゆゑになつかし法師蟬

鳥群るる苅田の土のやはらかく

難問の解見えさうな星月夜

暁のとりわけ白き芋水車

焚火守る落葉と文をかきまぜて

きぬずれの音かと聴けば冬の虫

標本の虫の眼赤し冬館

冬帽のどつと笑ひて散りにけり

寒鯉の泥やはらかく眠りけり

はばたきの一尾を得たり初山河

御降りの狐雨なる木曽堤

初蝶の交はりあはく離れけり

車椅子押しゆき青き踏ませたや

二〇一四年三月ロシア、クリミアを併合

戦端のひらかれてゐるチューリップ

鋤かれたる田のかわきゆく花曇

ふらここのふらりここりこふらりここ

植木屋の内隠より蛇の衣

走り梅雨一時帰宅の母とゐて

施設へと母を帰しぬ梅雨夕焼

切りかたをひとり思案や甜瓜

母の昔語りに

瞽《ご》女《ぜ》様《さま》の布団つくろふ秋隣

羅のやや草臥れて盆の僧

盆僧のそびらに母の団扇風

道具屋の白磁の皿の烏瓜

台風予報コスモス畑に蝶湧きて

病む母の食を介けて秋深む

椋鳥の群を去り来しつがひかな

小春日の伊吹に向けて母の椅子

雪虫のひとつ弾けて峡の空

寒月光ビルの鍵盤叩きけり

風花や鶸の啄むピラカンサ

嫁菜摘む畦の淡雪払ひつつ

初蝶の影来て母の黙しけり

囀や尾根のはてなるつぶら椎

斎田は椎の木の間よほととぎす

子雀の足踏ん張つて立つ芒種

父の日の小さき薔薇挿す古染付

梅雨月や見えぬ瞳をあくる母

掌を打てばひらくまなこや合歓の花

籠枕あつれば母の頸瘦せて

三人の婆が畦ゆく黒日傘

形代やわが名を捨つること易き

匍匐して蟷螂来るよ太鼓橋

オシリスは無口蟷螂また無言
すいと鳴くいきなり暗き板戸から

足踏みをして朝寒の雨戸引く

薄ら日の母に綿虫舞ひ来るよ

手袋を買ふこの冬は落とさじと
深雪宿ドロップ缶を振れば空

伊吹嶺に雪うすうすと鍬始

母に生傷多し

鎌鼬老人ホームに跳梁す

厭になるほど冬の田を見て暮らす

ニン月や鳥の跳ぬる桜の木

春の田の起こされてより鳥あまた

春陰の窓際に置く車椅子

子の詩集抱きて母寝る聖五月

車椅子薔薇崩るるを見て返す

亡き兄の一茎も添へカーネーション

病篤し百合より垂るる蜘蛛の糸

二〇一六年六月母死す（享年百二歳）

掌を打てど眠るまなこや合歓の花

棺には杖と詩集と夏帽子

恙なく緑雨の河を越えたまへ
なめくぢり汝に慈愛の母ありや

なめくぢり何に深入りするでなく
蜻蛉やガレ場に走る水の跡

第四章　宗祇水

二〇一八〜二〇二二年

凍蝶や捕囚のやうに翅たたみ

春近し硝子戸くもる小鳥店

北側の障子あかるき春の蠅

重き荷を土に下ろして桜咲く

雁風呂や雨の降る日は笠被り
広重の雨脚速し七変化

ウェストン祭山現れて神在す

簀戸立てて山河越え来る風を待つ

飯櫃に白布かかりて夏めきし
白昼の夢を通れる蛇の影

玉葱を吊るせば髪切虫が飛び

陪席の灯心蜻蛉まだ来ない

いたく刺す定家葛に棲む蜂は

鈴虫やろばのパン屋の来る小道

初雁の湖畔を野菜販売車

枝ぐるみ銀杏ひたす長良川

露霜や小屋根錆びたる母の寝間

白鷺のけふも瀬に立つ崩れ簗

鍵穴に合ふ鍵ひとつ小鳥来る

縁側に小豆干されて部屋の闇

詩仙堂にての紅葉とくだされし

色鳥や墓仕舞ふこと墓に告げ

鷹渡る山波尽きて美濃の原

出でゆきし鼠戻れる夜寒かな

佐渡吟行　四句

鳥飼うて秋の港の小さしや

星合や島のそこらに船着場

山装ふ金《こがね》銀《しろがね》掘りつくし

渤海へ攫はれてゆく冬没日

二三枚青葉の交じる落葉籠

狐鳴く誰か要らぬか古黄瀬戸

罎詰の蜜かたまりぬ石蕗の花

R音を発する冬の鳥かな

鉛筆の品ぞろへあり日記買ふ

下萌の土やはらかき処から

棕櫚の日の人のすくなき列に付き

カルチエラタン敷石ずれて花菫

梅雨月や蟻しのび入る味醂倉

濁流に乗りて河鵜のくだりけり

蛍や水呑んで寝し疎開の夜

鵜篝のことに明るき初月夜

猿沢の池に鮒釣る無月かな

台風のまにまに秋の闌けゆくか

さかしまに潜る穂波や稲雀

菊人形手の冷たきは母ゆづり

月天心アンティゴーヌは地の底に

川舟の濠に連なる冬構

丈草の句のなつかしき木の葉かな

湯豆腐や切られの与三の浮き沈み

初雪や庭木つたひに四十雀

抜けさうな氷柱がこはい持仏堂

仏飯をほぐし寒雀に供す

禅院のあらき簀目寒蕨

古襖母には読めし崩し文字

母在りし日のごとく掛け雛の軸

地下道を抜けて眩しき雛の店

初蝶や黄なりと言へど色あはく

春の山大きな影の過ぎにけり

潮干狩木曽の汽水の浜に出て

雀の子人見知りせぬところあり

青蛙痩せて詩嚢を引きずれる

紫陽花の日に日に影をひろげけり

葛桜たつきもとよりかまびすし

農継ぎて衰へし家百日紅

耳鳴や十五の夜の蟬時雨

狙撃手のごと空蟬のかがみゐし

かなかなやひねもす碧き夜叉ヶ池

新蕎麦や木曽はことしも灰降ると

鹿垣をめぐらして村老いゆくか

冬館クロスワードの枡埋めて
そらいろの冬のでで虫見たといふ

凍星やひとり換気の窓あけて

酒注ぎ雪折の樹を悼みけり

ひなたぼこひとりが抜けて麦踏みに

団栗の朽ちて雪解のたまり水

宗祇水汲めば薄氷ただよひぬ

余寒なほ薔薇の支柱を立て直し

跋・ポエジーは時空を超えて

満田春日

水無月の鹿がのぞくよ厨口　素

鹿は古来秋の季題だが、この句は「水無月」という別の季を得て伝統から一旦自由になった。さらに、神の使いだったり、その角で宇宙からのメッセージを受けとったりというスピリチュアルな鹿のイメージからも距離を置いた。水無月の鹿。この句の命は水無月にある。雌なら出産したばかりの子鹿を連れているだろうか、雄なら柔らかな袋角を伸ばしている頃か。のぞくよ、というやさしい口吻の句から集名がつくと聞いたとき、詩人でもある素さんに相応しいと頷いた。しかし同時に、これが太平洋戦争の戦火激しき頃の実体験であることも知らされた。十分な餌を与えられなかった奈良公園の鹿、米櫃に鹿が頭を突っ込んでいると母上が悲鳴をあげたのだと。水無月は田に水をゆきわたらせる水の月だが、その年の田んぼの有り様、そして収穫はいかなるものだったろう。

人に馴れた愛らしい鹿になったり、飢えに苦しむ戦時下の鹿になったりしながら、この子は素さんの俳句の世界へと私たちを招く。

しゃぼん玉うかとたましひ吹き入れし

子燕のはじめて梁に鳴く日かな

素さんの俳句は、はじめから初学の拙さとは無縁だった。この句集はしゃぼん玉の句で始まるが、「うかと」という一呼吸のうまさに注目する。この一語あってこそ、しゃぼん玉に入れてしまった「魂」を思い描くことができる。諧謔味もたっぷり。子燕の句も初期の作品だが、営巣から見守ってきた眼差しが温かい。

ピノキオの足作りけり聖五月

棕櫚の日の人のすくなき列に付き

以前素さんとのメールのやりとりの中で、クリスマス礼拝に行っていて、という一文があった。両句とも、歳時記の「宗教」の項から見繕ってきたような安易な季語のつかい方をしていない。やがて自ら歩きだすピノキオの細い足、閑散としているようだけれど、共有する思いがつくる人々の列、それぞれの内容に季語がしっくりと馴染んでいる。

炉心溶融白繭にさなぎ眠りて

線量を測られてゐる海鼠どち
戦端のひらかれてゐるチューリップ

新聞の大見出しのような炉心溶融の直後に置かれた繭とその中に息づく命の静けさに息をのむ。やがて白繭を破り現われるものを、今は十七音のなかに封印しておくのだ。何も知らない海鼠たちが身体をくねらせる。ユーモアと批判精神はこんなにも近いものであったか。チューリップの句には「二〇一四年三月ロシア、クリミアを併合」の前書きがある。詩から遠いはずの時事が時事のまま、あえかなるポエジーを醸し出している。

残像は予見に似たり散る桜
無軌道にはづみて榠櫨落ちにけり

残像が予見に似ているという桜の句。花びらが舞うなか、交錯し、混ざり合う過去と未来を思う。アインシュタインは、過去、現在、未来は同時に存在すると語って私を混乱させるが、素さんの句には納得する。榠櫨の実がその歪な形ゆえ描く無軌道は、理系である素さんらしい資質を感じさせる。世界の理を求めてやまない科学と詩は、ほんとうはとても近い存在なのかもしれない。

ところで、昨年「はるもにあ」で特集した、「今読みたい裕明句」に寄せた素さんの文章は優れたもので、短いエッセイの中に素さんのエスプリが輝いていたので、ここに再掲載したい。

橙が壁へころがりゆきとまる　田中裕明『花間一壺』

壁に転がったボールが壁で止まらず、壁をすり抜ける現象があるという。量子力学上の「トンネル効果」の理論である。日常生活において、我々がその現象に出会う確率は無限に零に近いが、それでも零ではないという。

橙の掲句では、作者は橙が壁のところで止まるのを見届け、「おや、今回は止まったね」と茶目っけに微笑しているようだ。裕明作品には一つの現象の背後に万象が潜んでいる気配の句がある。壁際の晩秋の果実が眩い。（素）

量子力学から見れば、私たちが物質だと思っているものもすべてエネルギーであり、波動らしいから、橙も壁を通過する可能性を秘めているのだろうか。この鑑賞に、裕明先生はきっと優しく微笑むだろう。茶目っけな微笑とは、一度も裕明先生に会うことがなかった人の言葉とは思えず、今また、その温顔が蘇る。時空を超えて裕明先生と素さんがポエジーで繋がっていれば嬉しい。

木枯や手毬のやうな小鳥の巣
ひとつ囲にふたつ蜘蛛棲む秋の空
初蝶の交はりあはく離れけり

身近な小さな生き物がやさしく、そして淋しげに描かれている。無駄のない正確な描写の上に瑞々しい余情がひろがる。

小春日の伊吹に向けて母の椅子
梅雨月や見えぬ瞳をあくる母
母に生傷多し
鎌鼬老人ホームに跳梁す
露霜や小屋根錆びたる母の寝間

小さな生物たちに向けた視線は、そのまま母に向けた眼差しに重なる。本集に母上を詠まれた秀句の数、三十近く。『水無月の鹿』は母に捧げる句集という一面を持つ。俳句形式は、詩人であり俳人である素さんが、最愛の人の姿を遺すことに力を貸したのだ。私はなかでも鎌鼬の句の斬新さに瞠目する。他の誰が、ホームに預けた母の身体に見つけた傷を案じながら、今にも絶滅しそうな季語、鎌鼬へと発想を飛ばせるだろう。

丈草の句のなつかしき木の葉かな
宗祇水汲めば薄氷ただよひぬ

江戸俳人の句を懐かしいと言う。死と再生を繰り返す木の葉を仰ぎつつ、古人とその時代と繋がっていると感じるのだ。『水無月の鹿』の最終章の題は「宗祇水」。素さんのご両親の生誕地と遠くない場所に、「宗祇水」の名所、宗祇が古今伝授を受けたという場所があるという。父母に受けた生をこの道に生かし、古典と伝統に繋がろうとする思いの表れであるかもしれない。

風土詠の秀吟もひこう。この美しく厳しい自然も、素さんのポエジーの土台であるはずだ。

秋立つや飛驒は青嶺を燻らせて
伊吹嶺に雪うすうすと鍬始
枝ぐるみ銀杏ひたす長良川
鷹渡る山波尽きて美濃の原

略歴にあるように、素さんは『しゃぼん玉刑』により、第一二回「北陸現代詩人賞奨励賞」を受賞された詩人である。俳句より詩を書いてこられた時間がはるかに長いことだろう。詩人としての矜持を保ちつつ、謙虚に俳句形式に向かわれた成果がこの句集である。一時は深刻に思われたご自身の病を乗り越えて誕生した『水無月の鹿』を心から祝福したい。

二〇二四年　春

あとがき

この句集に収めた句の多くは、二〇〇六年から二〇二二年の間に、句誌「はるもにあ」及び「山河」に発表した作品の中から選定したものであり、選定にあたっては「はるもにあ」主宰満田春日氏の助言を得た。読むに値する句がいくらかでも含まれているとすれば、それは主宰の助言に負うことを申し上げ、氏に謝意を表したい。

私が句を作り始めたのは、二〇〇五年、大学（国際基督教大学）の山岳部ＯＢ会に出席したことが契機になっている。そこで往時の山仲間が俳句を通じて交流をしているのを知り、彼らの屯する通信句会（三四雁通信句会）に、参加を申し出た。当時の私は身体不自由の母を介護する日常だったので、何らかの気晴らしを欲していたのである。ただ下手な作句では気晴らしにならないので、いくつかの句誌を見比べ、「はるもにあ」の門を叩くことにした。早世した田中裕明の句をうけついだ、同誌の平明な句風に惹かれたからである。爾来、満田氏の指導を仰いでいる。

さらに、通信句会幹事の高野公一氏の推薦により、「山河」に同人として参加することになった。個性的な同人の多い同誌の作品から多くを学ばせていただいた。前代表松井国央氏、畏友高野公一氏が昨年相次いで死去したのは、私の深い哀しみである。

また、「獅子吼」の大野鵠士主宰から連句について多くのことをお教えいただいた。ここに併記してお礼を申し上げたい。

また、田中裕明の盟友である岸本尚毅氏に栞文の執筆をお願いした。よい栞はその本の読者のみならず、作者にもよい道標であることを痛感させる。玉章をお寄せいただき深謝する次第である。

ところで、私の母であるが、枕辺で句を思案する私を見上げて、

「お前はお祖父さまに似て俳句好きなのだ」と得心したようによく呟いていた。

明治、大正の話だが、母方の祖父は俳句の宗匠だったということで、柝を叩いて村人を集め、句会を開くことがあったという。

「お父さんは俳句は作らなかったか」と、父について尋ねると、

「作りなさらなかった。忙しい人だった」と即座に応えた。

この母の答えは完全には正しくない。何十年か以前、父の実家が壊された時、彼が広島に赴任する前に残していった日記が数冊出てきた。内容は戦時下の繁務で埋めつくされているが、欄外にこんな句の走り書きが幾つかある。

昭和一八年（一九四三年）三月三日、応召で職場（営林署）を去る同僚を見送って

また一騎送る銃後の春の門

同年五月七日、室生寺泊

五月風音なくゆれて室生堂

室生寺河鹿の声に暮れにけり

句は巧緻ではないが、書法を大きくはずしてはいない。母と結婚する前に、学生時代か職場が暇だった頃、句座を囲んだことがあるのだろう。戦争が終わって

いたら、本格的に作句を始めていたかもしれない。その機会はなかった。彼の除籍簿は次の記述を残している。

「昭和二十年八月六日午前九時広島市土橋附近ニ於テ死亡
広島県西警察署長報告同年拾月六日受附」

早世した父のひそかな志向に、この句集が応えるものであることを祈るのみである。

竹腰　素

二〇二四年　春

著者略歴

竹腰　素　（たけのこし・はじめ）

1939年　福井市生まれ
2006年　「三四雁通信句会」会員
　　　　「はるもにあ」会員
2007年　「山河俳句会」会員
2014年　詩集『しゃぼん玉刑』北陸現代詩人賞
　　　　（奨励賞）受賞

現代俳句協会会員
俳人協会会員

現住所
〒500-8879　岐阜県岐阜市徹明通5-20

句集　水無月の鹿　みなづきのしか

二〇二四年六月六日　初版発行

著　者——竹腰　素

発行人——山岡喜美子

発行所——ふらんす堂

〒182-0002 東京都調布市仙川町一―一五―三八―二F

電　話——〇三（三三二六）九〇六一　FAX〇三（三三二六）六九一九

ホームページ　https://furansudo.com/　E-mail　info@furansudo.com

振　替——〇〇一七〇―一―一八四一七三

装　幀——和　兎

印刷所——日本ハイコム㈱

製本所——㈱松　岳　社

定　価——本体二八〇〇円＋税

ISBN978-4-7814-1650-2　C0092　¥2800E